Tres cuentos

Umberto Eco, nacido en Alessandria, Piamonte, en 1932, fue, durante más de cuarenta años, titular de la Cátedra de Semiótica de la Universidad de Bolonia y director de la Escuela Superior de Estudios Humanísticos en la misma institución. Desarrolló su actividad docente en las universidades de Turín, Florencia y Milán, e impartió asimismo cursos en varias universidades de Estados Unidos y de América Latina. En 2013 fue nombrado doctor honoris causa por la Universidad de Burgos. Entre sus obras más importantes publicadas en castellano figuran: *Obra abierta, Apocalípticos e integrados, La estructura ausente, Tratado de semiótica general, Lector in fabula, Semiótica y filosofía del lenguaje, Los límites de la interpretación, Las poéticas de Joyce, Segundo diario mínimo, El superhombre de masas, Seis paseos por los bosques narrativos, Arte y belleza en la estética medieval, Sobre literatura, Historia de la belleza, Historia de la fealdad, A paso de cangrejo, Decir casi lo mismo, Confesiones de un joven novelista* y *Construir al enemigo*. Su faceta de narrador se inició en 1980 con El nombre de la rosa, que obtuvo un éxito sin precedentes. A esta primera novela siguieron *El péndulo de Foucault* (1988), *La isla del día de antes* (1994), *Baudolino* (2001), *La misteriosa llama de la reina Loana* (2004), *El cementerio de Praga* (2010) y *Número Cero* (2015). Murió en Milán el 19 de febrero de 2016.

Eugenio Carmi (1920-2016) fue un célebre pintor y escultor italiano, exponente máximo del arte abstracto italiano, reconocido por los círculos de bellas artes y conocido por sus trabajos populares como ilustrador y diseñador. Nacido en Génova, Carmi emigró a Suiza por las leyes antisemitas del fascismo en 1938, donde cursó estudios de química en la Escuela Politécnica Federal de Zúrich. A su regreso en la década de los cincuenta, Carmi adoptó el estilo creativo que lo caracterizaría a lo largo de su trayectoria. Fundador de la Galleria del Deposito y profesor en varias academias, trabó amistad con Umberto Eco, con quien colaboraría en diversas ocasiones.

Eugenio Carmi
Umberto Eco

Tres cuentos

Traducción de
Esther Tusquets y Silvia Querini

DEBOLS!LLO

LA BOMBA Y EL GENERAL

Érase una vez
un átomo.

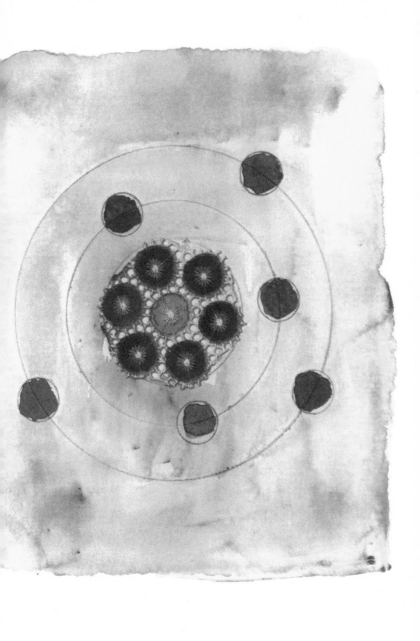

Y érase también
un general malvado
con un uniforme lleno de medallas.

El mundo está lleno de átomos.

Todo está hecho de átomos:
los átomos son muy, pero que muy pequeños
y cuando se juntan
forman las moléculas,
que a su vez
forman todas las cosas que conocemos.

Mamá está hecha de átomos.
La leche está hecha de átomos.
La mujer está hecha de átomos.
El aire está hecho de átomos.
El fuego está hecho de átomos.
Nosotros estamos hechos de átomos.

Cuando los átomos
están juntos en armonía
todo funciona a pedir de boca.
La vida se basa en esta armonía.

Pero cuando alguien se empeña en romper
un átomo... sus partículas golpean
otros átomos, que a su vez golpean
otros átomos
y así sucesivamente...

¡He aquí una explosión terrorífica!
Es la muerte atómica.

Pues
nuestro átomo estaba triste
porque lo habían metido
dentro de una bomba atómica.

Junto a otros átomos
esperaba el día
en que tiraran la bomba
y todos ellos se hicieran pedazos
destruyéndolo todo.

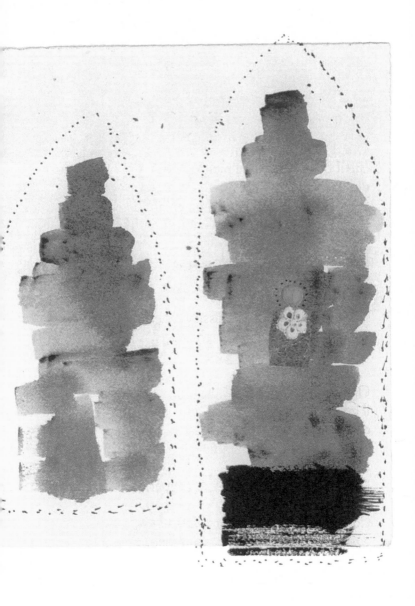

Lo que quizá no todo el mundo sabe
es que el mundo está lleno
de generales
que se entretienen acumulando bombas.

Y nuestro general
iba llenando de bombas su buhardilla.
«Cuando tenga muchas»
decía
«¡declararé una gran guerra!»

Y se reía.

Cada día
el general subía a la buhardilla
a llevar una bomba fresca.
«Cuando la buhardilla esté llena»
decía
«¡declararé una gran guerra!»

¿Y quién no se volvería malvado
teniendo a mano tantas bombas?

ha ha!

Los átomos encerrados en las bombas
estaban muy tristes.

Por su culpa
habría una catástrofe inmensa:
morirían muchos niños,
muchas mamás,
muchos gatitos,
muchas cabritas,
muchos pajaritos,
vamos... que morirían todos.

Se destruirían países enteros:
donde antes había casitas blancas
con tejados rojos
y árboles verdes alrededor...

.... solo quedaría
un horrible agujero negro.

Así las cosas,
decidieron rebelarse contra el general.

Y una noche,
sin hacer ruido,
salieron a la chita callando de las bombas
y se escondieron abajo en la bodega.

A la mañana siguiente
el general entró en la buhardilla
con otros hombres muy trajeados.

Los señores iban diciendo:
«Hemos gastado un montón de dinero
para fabricar todas estas bombas.
¿Pretende usted dejarlas allí tiradas para
que críen malvas?
¿Qué se propone usted?».

«Es verdad»
contestó el general.
«Quieras que no, habrá que declarar
esta guerra. Va a ser la única manera
de hacer carrera.»

Y declaró la guerra.

Cuando se difundió la noticia
de que habría una guerra atómica,
la gente se volvió loca de miedo:
«¡Ojalá no hubiésemos permitido
que los generales construyeran bombas!»
decían.

Pero era demasiado tarde.
Todos huían de las ciudades.
Pero... ¿dónde refugiarse?

Mientras tanto, el general
había cargado sus bombas en un avión
e iba soltándolas una a una
en todas las ciudades.

Pero cuando las bombas cayeron,
al estar vacías,
¡no hubo manera de que explotaran!
Y la gente,
feliz por verse a salvo
(¡quién se lo hubiera creído...!)
las usó como jarrones para las flores.

Así fue como todos descubrieron
que la vida era mucho mejor sin bombas.

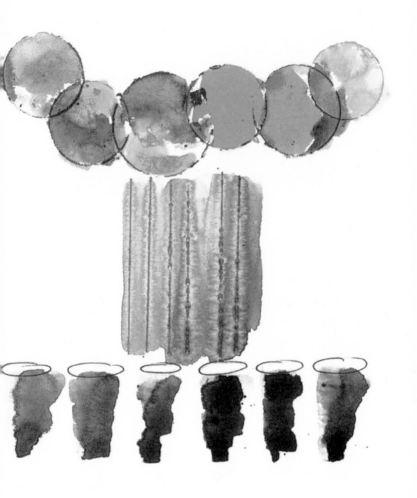

Y tomaron la decisión
de que se había acabado eso de las guerras.
Las mamás se pusieron muy contentas.
Y los papás también.
Vamos, todos.

¿Y el general?
Ahora que ya no había guerras
lo despidieron.

Y para sacar partido de su uniforme lleno
de medallas, se hizo conserje
de un hotel.
Como ahora todos vivían en paz,
el hotel estaba lleno de turistas.
Incluso llegaron los que antes eran enemigos
y los soldados que en sus buenos tiempos
el general había tenido a sus órdenes.

Cuando entraban y salían del hotel,
el general abría la gran puerta de cristal,
hacía una torpe reverencia
y decía: «Que tenga usted un buen día, señor».
Y todos ellos,
que lo habían reconocido,
contestaban con cara de pocos amigos:
«¡Vaya vergüenza...
en este hotel el servicio es pésimo!».

Y el general
se ponía rojo como un tomate
y callaba.

Porque ahora ya no era nadie.

LOS TRES COSMONAUTAS

Érase una vez la Tierra.

Y érase una vez Marte.

Estaban muy lejos el uno del otro,
allí en el cielo,
y rodeados de millones de planetas y galaxias.

Los hombres que vivían en la tierra
querían llegar a marte y a los demás planetas
pero quedaban tan lejos...

De todas formas, valía la pena intentarlo.
Empezaron lanzando satélites
que daban vueltas alrededor de
la Tierra durante dos días
y luego volvían a bajar.

Luego lanzaron misiles
que daban algunas vueltas alrededor
de la Tierra, y luego, en vez de volver,
se escabullían de la atracción terrestre
y se alejaban hacia el espacio infinito.

Al principio, dentro de los misiles iban perros
pero los perros no saben hablar,
y por la radio solo transmitían sus «guau, guau».
Así que no había manera de que los hombres
entendieran qué habían visto
y hasta dónde habían llegado.

Finalmente se encontraron hombres
con mucho valor dispuestos
a ser cosmonautas.

Los llamaban cosmonautas
porque se iban a explorar el cosmos,
o sea, el espacio infinito lleno de planetas, galaxias
y todo lo que estaba a su alrededor.

Los cosmonautas se iban sin saber
si volverían. Querían conquistar las estrellas,
para que un buen día todo el mundo
pudiera viajar de un planeta a otro,
porque la tierra se había achicado
y cada día había más hombres allí.

Una mañana salieron de la Tierra,
desde tres puntos distintos,
tres naves espaciales.

En la primera viajaba un americano,
que iba tarareando alegre una pieza de jazz.

En la segunda iba un ruso,
que cantaba con voz profunda «*Volga, Volga*».

En la tercera iba un chino,
cantando una hermosa canción
aunque a los otros dos les pareció que desafinaba.

Cada uno de ellos pretendía ser el primero
en llegar a Marte,
para demostrar que era el mejor.
La cuestión era que al americano
no le gustaba el ruso,
al ruso no le gustaba el americano,
y el chino no se fiaba de ninguno de los dos.

Y es que resulta que el americano,
para decir buenos días,
soltaba: «*how do you do*»

el ruso decía: «ЗДРАВСТВУЙТЕ»

el chino decía: «"你们好!"»

De manera que no se entendían y se creían distintos.

Chiclets
CHEWING GUM

鼠

ЛЕНИН   Комму
П
Орган
Коммунисти
№ 212 (16433)
НИЧЕСТ
ЛЫ СТРО
ЛИЗМА

Como resulta que los tres eran muy capaces,
llegaron a Marte casi al mismo tiempo.
Bajaron de sus naves espaciales,
con el casco y el mono puestos...

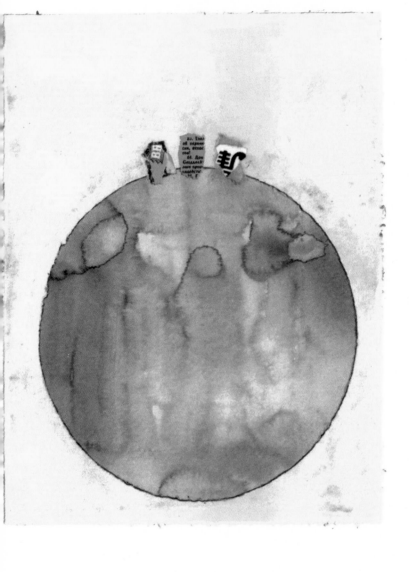

.... y se encontraron
con un paisaje maravilloso e inquietante:
el suelo estaba marcado por largos canales
a rebosar de agua color verde esmeralda.
Y había también unos raros árboles azules
llenos de pájaros nunca vistos,
con plumas de un color rarísimo.

En el horizonte asomaban montañas rojas
que emitían un extraño resplandor.

Los cosmonautas miraban el paisaje,
se miraban luego el uno al otro
y se quedaban cada cual en su sitio,
desconfiando de los demás.

Luego se hizo de noche.
Reinaba un extraño silencio
y la Tierra brillaba en el cielo
como si fuera una estrella lejana.

Los cosmonautas estaban tristes,
desorientados,
y el americano rasgó la negrura llamando a su mamá.
Dijo: «*Mommy....*».
Y el ruso llamó: «*Mama*».
Y el chino soltó: «*Ma-Ma*».

Enseguida todos entendieron
que estaban diciendo lo mismo
y albergaban los mismos sentimientos.
Así que sonrieron, se juntaron,
encendieron una alegre fogata
y cada cual cantó canciones de su país.
La verdad es que se animaron mucho
y mientras esperaban a que amaneciera
aprendieron a conocerse.

mommy   МАМОЧКА   媽媽

Por fin llegó la madrugada, y hacía mucho frío.
De repente
entre las ramas de un árbol
asomó un marciano.
Así, a bote pronto... ¡resultaba realmente espantoso!
Era todo verde,
llevaba dos antenas en lugar de las orejas,
una trompa y seis brazos.

Los miró y dijo: «¡GRRRRR!»,

que en su idioma significaba: «Ahí va...
¿quiénes son estos seres tan espantosos?».

Pero los terrícolas no lo entendieron y se pensaron
que aquello era un rugido de guerra.

grrrr.....

Era un ser tan distinto
que no se veían capaces
de comprenderlo y amarlo.
Enseguida se pusieron de acuerdo
y se organizaron para pelearse con él.

Enfrentados a aquel monstruo,
sus pequeñas divergencias
ya no tenían sentido.
¿Qué importaba
si hablaban un idioma distinto?
Comprendieron que los tres
eran seres humanos.

El otro no. Era demasiado feo
y los terrícolas creían
que no hay feo bueno.

Dicho y hecho: decidieron matarlo
con sus desintegradores atómicos.

Sin embargo, de repente,
en el aire helado de la mañana,
un pajarito marciano,
que por lo visto se había fugado del nido,
se cayó al suelo temblando de frío y miedo.

Piaba desesperado, casi como un pajarito
terrícola. La verdad es que daba mucha pena.
El americano, el ruso y el chino lo miraron
y se les escapó
una lágrima llena de compasión.

Entonces pasó algo raro.
El marciano también se acercó al pajarito,
lo miró y se le escaparon
dos hilos de humo de la trompa.
Y los terrícolas de repente comprendieron
que el marciano estaba llorando.
A su manera, como suelen hacerlo
los marcianos.

Luego vieron que se agachaba
para recoger al pajarito
y lo levantaba en sus seis brazos
intentando darle calor.

El chino se dirigió entonces
a sus dos amigos terrestres:

«A ver...» les dijo. «Creíamos que este
monstruo no tenía nada en común
con nosotros, y en cambio él también ama
a los animales, sabe qué es una emoción,
tiene corazón...
¡y cabe que incluso un cerebro!
¿Aún creéis que tenemos que matarlo?»

La respuesta estaba cantada.

A estas alturas, los terrícolas ya lo tenían claro:
ser distintos no implica
ser enemigos.

Acto seguido, se acercaron al marciano
y le tendieron la mano.

Y él, que tenía seis, con un solo gesto estrechó
la mano a los tres, mientras que,
con las que le quedaban sueltas,
iba saludando.

Y señalando la tierra allá arriba en el cielo,
les hizo entender que deseaba ir de viaje
para conocer a esos otros habitantes
y estudiar juntos la manera de fundar
una gran república del espacio donde
todos fueran felices y comieran perdices.

Los terrícolas aceptaron encantados.

Y para celebrar el acontecimiento le ofrecieron
un frasquito de agua muy fresca que habían traído
de la Tierra. El marciano, muy contento él,
metió la nariz en el frasco, aspiró, y luego dijo
que aquella bebida era muy sabrosa,
aunque le había mareado un poco.
Pero, a estas alturas, a los terrícolas
nada les sorprendía.

Ahora ya sabían que en la Tierra,
como en los demás planetas,
para gustos están los colores,
y lo importante es que nos entendamos.

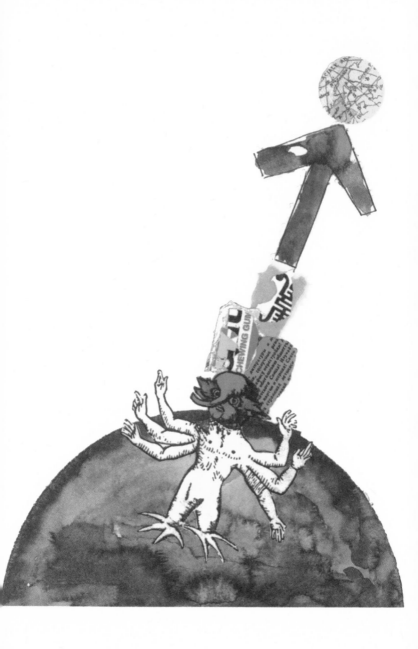

LOS GNOMOS DE GNU

Había una vez en la tierra —y quizás
lo haya todavía— un emperador muy poderoso
que quería descubrir nuevos territorios a toda costa.
«¿Qué clase de emperador
soy yo» gritaba, «si mis naves no descubren
ningún continente nuevo, lleno de oro, de plata
y de pastos, al que pueda llevar nuestra civilización?»
Y sus ministros contestaban:
«Majestad, en la tierra ya no queda nada
por descubrir. ¡Mire el mapamundi!»
«¿Y esta islita tan pequeña que veo aquí?»
preguntaba ansioso el Emperador.
«Si aparece en el mapamundi,
es que ya la han descubierto hace tiempo»
replicaban los ministros.
«Es posible que incluso hayan instalado allí
una colonia de vacaciones. Y, por otra parte,
hoy en día ya no se hace nadie a la mar
para descubrir islas y continentes.
Hoy en día, los astronautas recorren las galaxias.»

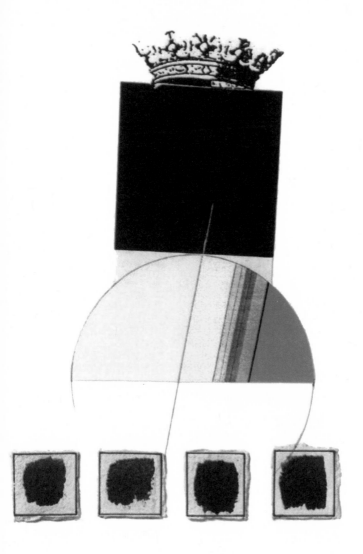

«¿Ah, sí?» contestó testarudo el Emperador.
«¡Pues enviad a un explorador galáctico al espacio!
¡Y que no vuelva hasta que haya descubierto
al menos un pequeño planeta habitado!»

Así se hizo, y el Explorador Galáctico (E. G.
para los amigos) estuvo tiempo y tiempo
vagando por la inmensidad del espacio
en busca de un planeta que civilizar.
Pero solo encontraba planetas rocosos,
planetas polvorientos,
planetas llenos de volcanes
que escupían fuego...
De planetas bonitos y habitados,
ni rastro.

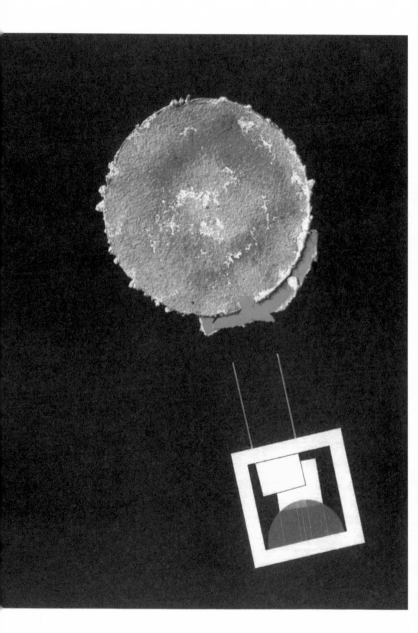

Hasta que un día,
precisamente en el rincón más alejado
de toda la Galaxia,
mientras enfocaba su megatelescopio megagaláctico,
E. G. vio una cosa maravillosa...
Un pequeño planeta precioso,
con un cielo azul ligeramente salpicado
de nubes blancas,
con unos valles y unos bosques tan verdes
que daba gozo mirarlos.
Y, al acercarse un poquito más,
vio que en aquellos valles retozaban
hermosos animales de todas las especies,
mientras unos hombrecillos minúsculos,
un poco ridículos,
pero a fin de cuentas de aspecto simpático,
podaban los árboles, daban de comer a los pájaros,
cortaban el césped
o nadaban tranquilamente
en ríos y torrentes de agua tan transparente
que se podía ver al fondo
infinidad de peces multicolores.

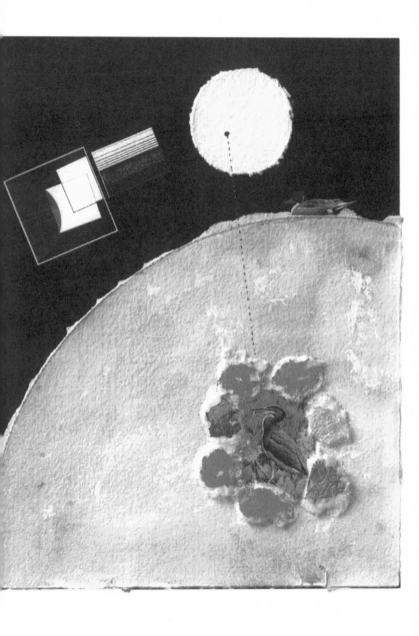

E. G. aterrizó, bajó de la astronave
y vio que se le acercaban, sonriendo,
aquellos hombrecillos,
que enseguida se presentaron:
«Buenos días, señor forastero,
nosotros somos los gnomos de Gnu,
que es el nombre de nuestro planeta.
¿Y tú quién eres?»
«Yo» dijo E.G. «soy el Explorador Galáctico
del Gran Emperador de la Tierra,
¡y he venido a descubriros!»
«¡Vaya casualidad!» dijo el jefe de los gnomos.
«¡Nosotros estábamos seguros de ser nosotros
los que te habíamos descubierto a ti!»

«De eso ni hablar» dijo E.G.
«Soy yo el que os ha descubierto a vosotros,
porque nosotros, en la tierra, no sabíamos que existíais.
Y, por lo tanto, tomo posesión de este planeta
en nombre de mi emperador,
para poder traeros la civilización.»
«A decir verdad» respondió el jefe de los gnomos,
«nosotros tampoco sabíamos
que existíais vosotros. Pero no vamos a discutir
por tan poca cosa, porque nos amargaría el día.
Y dime, ¿en qué consiste esta civilización
que queréis traernos, y cuánto vale?»
«La civilización» contestó E. G.
«es toda una serie de cosas maravillosas
que los terrícolas han inventado,
y mi emperador está dispuesto a dároslas gratis.»
«Si es gratis» dijeron los gnomos muy contentos,
«la aceptamos inmediatamente.
Sin embargo (perdona, amigo, ya sabemos
que a caballo regalado no hay que mirarle el dentado),
nos gustaría tener una pequeña idea
de cómo es vuestra civilización.
No te parece raro, ¿verdad?»

E. G. refunfuñó un poco,
porque en la escuela le habían enseñado
que, cuando los exploradores antiguos
llevaban la civilización a una nueva tierra,
los indígenas la aceptaban sin preguntar.
Pero de todos modos,
como estaba orgulloso de la civilización
de la Tierra, sacó de la astronave
su megatelescopio megagaláctico,
lo enfocó hacia nuestro planeta y dijo:
«Venid y lo veréis con vuestros propios ojos.»
«¡Vaya máquina! ¡Vaya técnica!»
decían los gnomos admirados
ante el megatelescopio megagaláctico,
y, uno tras otro, todos fueron mirando hacia la Tierra.

«¡Pero si no veo nada!» dijo el primer gnomo de
    Gnu. «¡Solo veo humo!»
E. G. echó a su vez una mirada
y luego se disculpó: «He enfocado
por error una ciudad. Ya sabéis,
con todas las chimeneas de las fábricas,
los escapes de los camiones y de los coches...
Hay un poco de contaminación».
«Comprendo» dijo el gnomo,
«también a nosotros nos ocurre que,
cuando está nublado, no podemos ver
las cumbres de aquellas montañas...
Pero quizá mañana haga buen tiempo
y podamos ver esto que tú llamas ciudad.»
«Me temo que no» dijo E.G., «la contaminación
está siempre allí, incluso los domingos.»
«¡Qué pena!» dijo el gnomo.

«Pero ¿qué es aquella agua negruzca
en el centro y amarronada cerca de la costa?»
dijo el segundo gnomo.
«¡Oh» dijo E.G., «debo de haber
enfocado el mar! Es que, sabéis,
en medio del mar naufragan barcos petroleros
y todo el petróleo se esparce por la superficie.
Y en la costa la gente a veces no controla
los desagües, y así acaban llegando al mar...
cómo lo diré...
las cosas feas que los hombres tiran...»
«¿Significa esto que vuestro mar
está lleno de caca?» preguntó el segundo gnomo.
Y todos los demás rieron,
porque a los gnomos de Gnu la palabra «caca»
les daba mucha risa.
E. G. quedó callado, y el segundo gnomo murmuró:
«¡Qué pena!»

«Pero ¿qué es aquella llanura gris,
con aquellas cosas blancuzcas encima,
sin árboles y toda llena de latas vacías?»
preguntó el tercer gnomo.
Tras echar una mirada de control, E. G. dijo:
«Es nuestro campo. Sí, reconozco
que hemos cortado demasiados árboles, y, además,
la gente tiene la mala costumbre de tirar allí
bolsas de plástico, cajas de galletas
y tarros de mermelada...».
«¡Qué pena!» dijo el tercer gnomo.

«Pero ¿qué son?» preguntó el cuarto gnomo
«todas aquellas cajitas de metal, colocadas
unas detrás de las otras en aquella carretera?»
«Son nuestros automóviles. Es uno
de nuestros mejores inventos. Sirven para ir
muy aprisa de un sitio a otro.»
«¿Y por qué están parados?» preguntó el gnomo.
«Pues» contestó E. G. un poco cortado, «mira,
hay demasiados y a menudo se producen
embotellamientos de tráfico.»
«Y aquellos seres tumbados
al lado de la carretera, ¿quiénes son?»
volvió a preguntar el gnomo.
«Son hombres que han resultado heridos,
en un momento en que no había embotellamiento
y en que corrían demasiado.
De vez en cuando hay accidentes.»
«Ya entiendo» dijo el gnomo,
«estas cajas vuestras, cuando son demasiadas
no avanzan, y cuando sí avanzan,
las personas que van dentro se hacen daño.
Qué pena, qué pena...»

Entonces intervino el jefe de los gnomos:
«Perdona, señor descubridor» dijo,
«no sé si merece la pena seguir mirando.
Quizá vuestra civilización tenga aspectos
muy interesantes, pero, si nos la trajerais aquí,
nosotros nos quedaríamos sin nuestros prados,
sin los árboles y sin los ríos,
y estaríamos peor que ahora.
¿No podrías renunciar a descubrirnos?».
«¡Pero si nosotros tenemos un montón
de cosas magníficas!» protestó E. G.
un poco picado. «Por ejemplo, ¿cuántos hospitales
tenéis vosotros? ¡Nosotros tenemos
unos hospitales preciosos!»
¿Y para qué sirven los hospitales?
preguntó el jefe de los gnomos,
tras haberles echado una ojeada por el megatelescopio.
«¡Sois de veras primitivos!
¡Sirven para curar a la gente que se pone enferma!»
«¿Y por qué se pone enferma?»
preguntó el jefe de los gnomos.

E. G. estaba francamente irritado:
«¡Ya está bien! ¿Veis a aquel señor de allí abajo?
Ha fumado demasiados cigarrillos y ahora
le harán un trasplante de pulmón, porque el suyo
está negro como el carbón. ¿Y aquel otro?
Tomaba una cosa que nosotros llamamos droga,
y en el hospital intentan curarle
todas las infecciones que ha cogido
por usar jeringuillas sucias. Y a aquel otro
le están poniendo una pierna de plástico,
porque lo ha atropellado una moto.
Y a aquel otro le están haciendo un lavado de estómago,
porque ha comido alimentos contaminados.
¡Para esto sirven los hospitales!
¿No os parecen un buen invento?»
«Como a tal invento» dijo el jefe de los gnomos,
«no lo discuto. Pero, como nosotros
no fumamos cigarrillos,
ni usamos eso que tú llamas jeringuillas para la droga,
como no corremos en moto, y comemos
alimentos fresquísimos que crecen en nuestros huertos
y en nuestros árboles, aquí no se pone enfermo
casi nadie, y es suficiente un buen paseo
por las colinas para curarse. Oye, señor descubridor,
se me ha ocurrido una buena idea. ¿Por qué no
vamos nosotros a la Tierra
y os descubrimos a vosotros?»

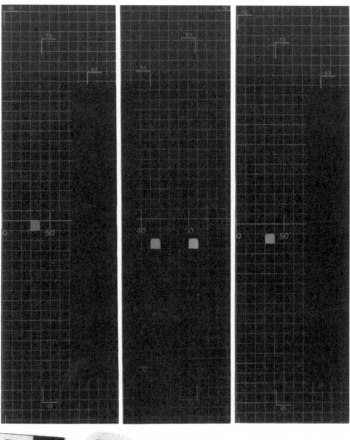
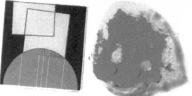

«¿Y después?» preguntó E. G., que en el fondo
ya se sentía un poco avergonzado.
«Después, nosotros tenemos muy buena mano
para cuidar prados y jardines,
para plantar árboles,
para cuidar a los viejos
que están a punto de caer enfermos.
Nos pondremos a recoger todo aquel plástico
y todas aquellas latas,
y arreglaremos un poco vuestros valles.
Haremos filtros de hojas
para vuestras chimeneas, explicaremos
a la gente de la Tierra
lo bonito que es pasear sin tener que coger
siempre el coche, etcétera, etcétera.
Y tal vez, al cabo de unos años,
vuestro planeta se vuelva tan hermoso
como nuestro Gnu.»
E. G. ya se imaginaba
a los gnomos de Gnu poniendo manos a la obra,
y pensaba
lo preciosa que volvería a ser, después,
su (y nuestra) Tierra.

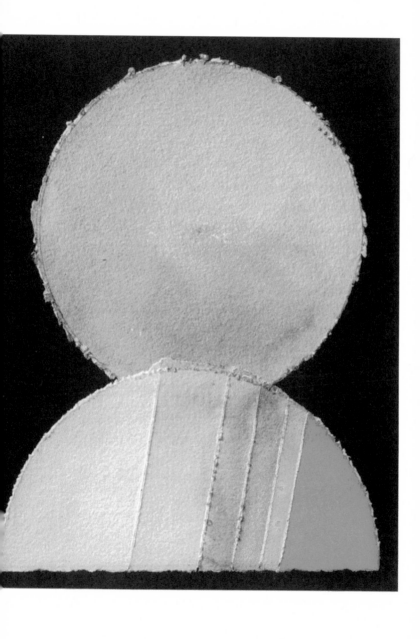

«De acuerdo» dijo. «Voy a volver a casa
y hablaré con el Emperador.»
Volvió, pues, a la Tierra,
y contó su aventura al Emperador y a sus ministros.
Pero el Primer Ministro puso un montón
de inconvenientes:
«Eso de permitir que vengan aquí los gnomos de Gnu
hay que pensarlo muy bien.
Necesitan un pasaporte,
tienen que pagar el impuesto de inmigración,
el papel sellado, y además es imprescindible
la autorización de la guardia urbana,
de la guardia forestal, de la capitanía del puerto...»

Y, mientras hablaba, el Primer Ministro resbaló
con un chicle
que otro ministro había escupido al suelo.
Se rompió las piernas, el labio, la barbilla,
la nariz, la espalda, la cabeza, y
se le quedaron los dedos enganchados en las orejas,
de tal modo que resultaba imposible desenredarlo.
Con el jaleo que se armó después,
el Primer Ministro acabó tirado en la acera,
en medio de las bolsas de basura
que nadie recogía desde hacía un montón de tiempo,
y allí quedó, a merced de la contaminación,
aspirando los gases que salían
de los tubos de escape de los coches.

Por el momento nuestra historia
termina aquí, y lamento muchísimo
no poder decir que a partir de entonces
vivieron contentos y felices.
Y quién sabe si dejarán a los gnomos de Gnu
venir algún día a la Tierra.
Pero, aunque no vengan,
¿por qué no nos ponemos nosotros a hacer
lo que harían los gnomos de Gnu?

Índice

Título original: *Tre racconti*

Primera edición en Debolsillo: febrero, 2017

© 1966, 1992, Umberto Eco
© 1994, 2017, Penguin Random House Grupo Editorial, S. A. U.
Travessera de Gràcia, 47-49. 08021 Barcelona
© 1994, Esther Tusquets Guillén, por la traducción de *Gli gnomi di Gnù*
I tre cosmonauti y *La bomba e il generale*: traducción de Silvia Querini Gorrone

Printed in Spain – Impreso en España

ISBN: 978-84-663-3848-6
Depósito legal: B-318-2017

Impreso en Grafomovi, S. L.
Montmeló (Barcelona)

P 338486

Penguin
Random House
Grupo Editorial